Elvis Presley hatte noch Träume

Eine Novelle von
Andrea Mariadas

© 2023 Andrea Mariadas

Verlag & Druck: tredition GmbH, Halenreie 40-44, 22359 Hamburg

Covererstellung:
Huhn Fotografie,
Web: www.huhn-fotografie.de

Fotograf/Künstler: Michael Ochs Archives via Getty Images

ISBN

978-3-347-28849-2 (Paperback)

978-3-347-28850-8 (Hardcover)

978-3-347-28851-5 (E-Book)

Das Werk, einschließlich seiner Teile, ist urheberrechtlich geschützt. Jede Verwertung ist ohne Zustimmung des Verlages und des Autors unzulässig. Dies gilt insbesondere für die elektronische oder sonstige Vervielfältigung, Übersetzung, Verbreitung und öffentliche Zugänglichmachung.

Über die Autorin

Schon in meiner Jugend sagte die Mutter meiner besten Freundin:
„Kind, du hast so viel Phantasie, du solltest Schriftstellerin werden!"

In mir brodeln ständig Gedanken, Ideen, Emotionen, die ausgedrückt werden wollen.

Begeisterungsfähigkeit und Leidenschaft sind Facetten meiner Persönlichkeit.

Und wenn ich Sie mit der von mir geschriebenen Novelle so berühren könnte, wie sie mich berührt hat, würde es mich sehr glücklich machen.

Vorwort

Das Leben eines Menschen kann allein durch Geschehen eines Augenblicks von so großer Bedeutung sein, dass es das Leben von vielen anderen beeinflusst.

Einem solchen Leben wird eine große Verantwortung übertragen. Auch die Verantwortung für sich selbst!

Andrea Mariadas

Diese vier Kapitel beschreiben einen Teil dieses Lebens

Über die Autorin... 5

Vorwort 6

1 Das Erwachen 9

2 Die Fahrt ins Ungewisse 16

3 In Abwesenheit... 37

4 Die Rückkehr 42

Danksagung 54

1

Das Erwachen

Voller Schrecken erwachte er und wusste sofort: So kann es nicht weitergehen! Woher er das wusste? Er wusste nur, dass er lebte und atmete.

Sofort stand er auf und taumelte ins Badezimmer. Dort stützte er sich auf das Waschbecken und für einen Moment sah er in den Spiegel. Was er wahrnahm, gefiel ihm nicht; schon lange nicht mehr! Das bin nicht ich, dachte er, und erfrischte sich mit einer Hand voll Wasser, einer weiteren und weiteren, so lange, bis er wieder klar denken konnte. Er setzte sich auf den Fußboden und vergrub sein Gesicht in seinen Händen. Er spürte, wie Tränen in ihm aufsteigen wollten und konnte sie auch nicht wirklich zurückhalten.

Während er so dasaß, fragte er sich: Wie konnte es nur so weit kommen? Wann habe ich die Kontrolle verloren? Wo ist der lebendige Teil von mir geblieben, der lebensfroh, neugierig und voller Energie war?

Er sah sich selbst, wie er in jungen Jahren lachend und zappelig die Straße entlangging, voller Tatendrang. Und für einen kurzen Moment spürte er diese Klarheit und Bestimmtheit wieder, die er immer in sich gespürt hatte, wenn er etwas wirklich wollte. Er öffnete seine Augen und sie waren voller Tränen. Gleich darauf schloss er sie wieder, strich sich abwechselnd mit seinen Händen über die Augen, um sie zu trocknen. Nun sah er seine Eltern vor sich, wie sie miteinander lachten und scherzten; seine Mutter den Tisch deckte, und sie zusammen aßen. Sie hat nie aufgehört, ihm zu fehlen! Dann sah er sie, wie sie dalag mit geschlossenen Augen, als sie ihn schon verlassen hatte. Dies war der Moment, der alles in seinem Leben verändert hatte, und er weinte. Damals blieb ihm nicht viel Zeit zum Trauern. Man hatte ihn zuvor als Soldat einberufen. Seine Mutter erlebte seine Grundausbildung zum Teil noch mit, und es machte ihr zu schaffen. Schon bald nach ihrem Tod wurde er nach Deutschland versetzt. Er stand in der Öffentlichkeit und musste sich zusammenreißen. Sie war immer sein Halt gewesen, seine Motivation. Er wusste, er konnte sich hundertprozentig auf sie verlassen. Sie hätte ihn jetzt verstanden, getröstet und aufgebaut. Sie hätte es nicht verkraftet, wenn es ihm so schlecht gegangen wäre, denn schon von Geburt an waren sie besonders eng miteinander verbunden. Und daran hatte sich nie etwas geändert.

Auf einmal wusste er, er musste gehen, er musste gesund werden und neu anfangen. Er wollte auch nicht mehr, dass sich alle Sorgen um ihn machten. Es gab für ihn noch so viel zu tun, worauf er in seiner Position Einfluss nehmen konnte und was auch seine Mutter stolz gemacht hätte. Er würde es auch für sie tun, da war er sich sicher. Sein ganzes Leben wollte er sie glücklich machen, sie entschädigen für die schweren Jahre, die sie selbst erlebt hatte, und für die grenzenlose Liebe, die sie ihm als Mutter geschenkt hatte. Er tat es auch für seinen Zwillingsbruder, der die Geburt nicht überlebt hatte; er war es ihm schuldig. Seine Mutter hatte ihm mal gesagt, bei Zwillingen gehe die Kraft des einen auf den anderen über. Daran glaubte er, denn er hatte oft diese unbändige Kraft in sich verspürt. Aber auch für seine Tochter Lisa Marie wollte er ein Vorbild sein, und seine Ex-Frau Priscilla sollte ebenfalls wieder stolz auf ihn sein können, wie sie es zu Anfang war. Denn trotz ihrer Trennung verband sie eine tiefe Freundschaft. Es ging hier nicht nur um ihn, sondern auch um sie sowie um seinen Vater, der stets an seiner Seite stand.

Er hatte das schon einmal getan, als er den Entschluss gefasst hatte, Präsident Nixon zu treffen, um aktiv bei der Bekämpfung von Drogen mitzuwirken. Ihm war der Wandel in der amerikanischen Jugend durchaus bewusst. Er wollte helfen, und dafür war seine Popularität gut. Damals hatte er nur einen eingeweiht und angerufen, der ihn begleiten sollte, seinen Freund und Leibwächter Jerry Schilling. Er wusste nicht, wie der Präsident auf ihn reagieren würde, doch der Erfolg gab ihm recht. Nixon hatte ihn vorgelassen, und er bekam sogar einen Dienstausweis. Er dachte, dass dies schon mutig war! Damals ging es ihm um andere, diesmal ging es um ihn selbst. Er wusste, er musste handeln und es allein tun. Ich werde eine Notiz hinterlassen und mir die Zeit nehmen, die ich brauche, überlegte er. Ich werde mich auf meine Intuition verlassen, wohin sie mich auch führt. Nun wusste er, was zu tun war. Er fühlte die Erleichterung! Und wenn Elvis Presley sich einmal entschieden hatte, dann handelte er auch! Also stand er auf und packte ein paar Sachen ein: Utensilien aus dem Badezimmer, ein paar Kleidungsstücke, Kreditkarten, Geld, Bücher und seine Pillen. Diese konnte er nicht zurücklassen, jedenfalls jetzt noch nicht ...

Seine Freundin Ginger schlief Gott sei Dank tief und fest. Er wusste instinktiv, dass es auch für sie so besser war. Sie war eine wunderbare junge Frau, die ihm in den letzten Monaten viel Kraft, Liebe und Freude geschenkt hatte, die zusammen mit ihm spirituelle und philosophische Themen gelesen und besprochen hatte. Er schätzte sie dafür, und es bedeutete ihm viel. Er war schon immer interessiert und wissbegierig gewesen. Er liebte es, stundenlang zu diskutieren. Aber nur wenige konnten damit etwas anfangen.

In ihm hatte sich eine Ruhe ausgebreitet. Diese Klarheit zu wissen, dass er jetzt aufbrechen musste, schenkte ihm Frieden. Er sah sie noch ein letztes Mal an, lächelte und flüsterte: „Du bist wunderschön, Ginger, und wirst es verstehen. Du bist jung und mein Lebensstil hat dich nicht wirklich überzeugt. Du wirst auch ohne mich glücklich werden!" Er war versucht, sie noch einmal zu küssen, doch er wollte sie nicht aufwecken. Er liebte sie, aber er wusste er musste gehen. Um seinetwegen!

Er schlich sich durchs eigene Haus. Es war still und alle schienen noch zu schlafen. Er ging in die Küche und packte so einiges ein, denn er hatte auf einmal einen riesigen Hunger; doch essen würde er unterwegs. Er hinterließ eine Notiz: „Macht Euch keine Sorgen. Ich melde mich heute noch, doch dieses eine Mal muss ich für mich allein sein." Er ging noch mal zurück und schrieb mehr auf. Er wollte sie wissen lassen, dass er sie liebte, jeden Einzelnen von ihnen.

Nun war er bereit. Angekommen in der Garage setzte er sich in seinen geliebten Cadillac. Mit den Fingern fuhr er übers Lenkrad, zündete den Motor und rollte langsam und leise die Auffahrt hinab. Als sich die Tore von Graceland öffneten, spürte er ein lange nicht mehr da gewesenes Gefühl von Freiheit. Wohin fahre ich eigentlich? fragte er sich. Erst mal die Straße entlang ... Während er fuhr, fiel ihm das Erlebnis in der Wüste ein, als sie zu zweit ausgestiegen waren und diese merkwürdige Wolke gesehen hatten, die ein Gesicht hatte. Damals brauchte er dieses Zeichen, und er hatte keine Angst mehr.

Er erinnerte sich auch an dieses kleine Mädchen der Sioux Nation, das ihm vor einem Konzert in seiner Garderobe in South Dakota eine Ehrung übergeben hatte. Mit ihrer zarten Stimme hatte sie eine kurze Ansprache gehalten, die ihn sehr gerührt hatte. Und auf einmal wusste er, wohin sein Weg ihn führen würde!

2
Die Fahrt ins Ungewisse

Einige Stunden würde er schon unterwegs sein. Aber das war gut so. Er genoss die Ruhe und konnte seinen Gedanken freien Lauf lassen. So musste er manchmal schmunzeln und lachen, aber es gab auch traurige Momente. Manchmal aß er etwas, manchmal trank er etwas. Er hörte auch Musik, seine Musik und die seiner Kollegen. Er liebte es, mit dem Auto zu fahren und dabei Musik zu hören, die ihn einfing und ganz abschalten ließ. Seine Finger trommelten dabei auf dem Lenkrad, meist sang er auch mit. Irgendwann legte er einen Zwischenstopp ein, tankte und benutzte das WC. Ein älterer Herr bediente ihn, der wohl nicht mehr so gut sehen konnte, jedenfalls fragte er nicht nach. Allerdings hatte er auch sein Cap tief ins Gesicht gezogen und den Kragen hoch aufgestellt. Von seinem Gesicht war kaum etwas zu sehen, und bis auf „Good morning Sir! How are you? und „Thank you, Sir!" sagte er nichts. Er bezahlte, setzte sich ins Auto, startete den Motor und fuhr los.

Es dauerte noch eine Weile, aber dann erreichte er den Ort, auf den er die ganze Zeit zugefahren war. Er hatte darüber gelesen. Es war eines von vielen: Das Indianerreservat der Creek in Oklahoma. Wo es lag, wusste er und dass er einige Stunden zu fahren hatte. Die Richtung hatte er richtig eingeschlagen, aber zum Glück befand sich auch eine Straßenkarte im Auto. So hatte er schließlich hergefunden! Er war aufgeregt, denn er wusste nicht, wie sie auf ihn reagieren würden...

Auch in seinen Adern floss indianisches Blut, mütterlicherseits. Sein Ururgroßvater hatte eine Frau indianischer Abstammung geheiratet. Sie war eine Cherokee. Ihr Name lautete Morning Dove White. Und was sein eigenes Aussehen betraf: Je älter er wurde, desto mehr entwickelte sich eine gewisse Ähnlichkeit mit seinen Vorfahren. Eine spirituelle Affinität war ihm auch nicht abzusprechen, vielleicht war auch dies der Grund, warum ihn seine Intuition hierherführen sollte. Er hatte über den Schamanismus gelesen wie auch über andere spirituelle Praktiken, Religionen und Philosophien. Er war wissbegierig und diese Themen interessierten und beschäftigten ihn. Zudem las er gern.

Er fuhr mit seinem Wagen die lange Einfahrt entlang, bis er zum ersten Haus kam. Er hielt an und stieg aus. Er nahm sein Cap ab und richtete seinen Kragen. Dann ging er auf das Haus zu. Ein junger Mann kam ihm entgegen und begrüßte ihn höflich. Er fragte ihn, warum er hier sei? Und er antwortete: „Ich bin Elvis Presley und brauche eure Hilfe." Der junge Mann nickte und sagte: „Ich bin gleich zurück."

Er hörte Stimmen. Dann kam der junge Mann wieder heraus und bat ihn, hereinzukommen. Als Elvis das bescheidene kleine Haus betrat, saß am Tisch ein älterer Herr mit seiner Frau. Sie begrüßten ihn mit einem Kopfnicken und baten ihn mit einer Handbewegung, Platz zu nehmen. Elvis beugte ebenfalls respektvoll seinen Kopf und bedankte sich, dass man ihn empfange. Als er sich gesetzt hatte, sagte der ältere Mann, der der Stammesvater, war: „Wir wissen, wer du bist. Mein Name ist Akecheta. Was führt dich zu uns?" Elvis antwortete: „Ich spüre, wie die Kraft meines Körpers mich verlässt und meine Seele leidet. Aus eigener Kraft weiß ich mir nicht mehr zu helfen. Meine Zeit scheint abzulaufen. Ich bin meiner Intuition gefolgt, und sie hat mich zu euch geführt." Der Stammesvater bat seine Frau, ihm einen Tee zuzubereiten, welchen sie gemeinsam tranken. Er schmeckte ihm. Er hielt seine Tasse in den Händen und sah sich um. An den Wänden hingen eindrucksvolle Porträts ihrer Vorfahren, auch farbenprächtige, selbst gewebte Decken lagen auf Couch und Sessel - in den typisch indianischen Farben: Rot, Braun und Weiß, und belebten den ansonsten schlichten Wohnraum. Sie saßen an einem einfachen Holztisch mit vier Stühlen, auf dem kleine selbst geschnitzte Schalen standen, in denen sich Gebäck befand. Er griff zu, als man ihn darum bat. Es duftete wunderbar nach den verschiedensten Kräutern, vielleicht war es auch der Tee, den er trank. Er sagte ihnen, er bewundere ihre Kunst und Traditionen, man spüre sie in diesem Haus. Sie bedankten sich, und nach einer kurzen Pause sagte der Stammesvater zu ihm: „Wir werden dich zu unserem Schamanen bringen. Sein Name ist Amar.

Seine Vorfahren waren ebenfalls Schamanen. Ihr Wissen wurde von Generation zu Generation weitergegeben. Dieser Tee wird dir guttun. Er wirkt beruhigend." Elvis nickte und bedankte sich mit einem warmen Lächeln, auch bei seiner Frau, die ihm zuvor den Tee gereicht hatte. Sie lächelte zurück. Während er seinen Tee austrank, sagte er: „Ich bin dankbar, dass ihr euch meiner annehmt, und werde es nicht vergessen." Der Alte nickte und sprach: „Begib dich auf deine Reise. Ahiga wird dich zu ihm bringen." Er trank seinen letzten Schluck, und sie brachen auf.

Sie fuhren ein ganzes Stück, bis sie in ein Gebiet kamen, wo es Bäume und einen Fluss gab. Wenige Wigwams waren zu sehen, doch auch zwei kleine Hütten sowie Pferde und Ziegen. Hier hielten sie an. Kinder liefen herum und spielten miteinander, Frauen saßen im Kreis zusammen, lachten und arbeiteten mit ihren Händen. Woran, konnte er von dort aus nicht erkennen. Auch einige Männer verrichteten Arbeiten. Es herrschte ein reges, aber ruhiges Treiben. „Komm mit!", sagte Ahiga zu ihm. Elvis stieg aus und spürte den Frieden, den die

Umgebung auf ihn ausstrahlte. Doch dann musste er innerlich auch lachen, da sein Wagen so gar nicht in diese Umgebung passte.

Sie gingen auf eine Hütte zu, und er spürte die Blicke der anderen. Sie waren nicht unangenehm oder neugierig, sie verweilten nur kurz auf ihm. Ahiga klopfte an die Tür und wurde hereingerufen. Er sagte zu Elvis: „Warte hier." Kurze Zeit später kamen sie heraus: Ahigar und Amar, der Schamane. Ihre Blicke kreuzten sich und Elvis' Magen drehte sich um. Warum, wusste er nicht, aber ein Gefühl des Unbehagens stellte sich ein. Der Schamane begrüßte ihn mit den Worten: „Ich bin Amar. Habe keine Angst." Elvis verneigte sich und sagte: „Ich bin Elvis, Elvis Presley. Angst nicht, aber Unbehagen verspüre ich schon. Ich bin gekommen, weil ich eure Hilfe brauche." Amar antwortete: „Ich weiß, dass du Angst verspürst oder dich unbehaglich fühlst. Das ist normal, sonst hätte dein Weg dich nicht hierhergeführt. Und ich weiß auch, wer du bist. Du hast eine lange Reise gemacht, und in deinem Leben ist viel passiert. Du wirst dich dem Ganzen nun stellen müssen. Deshalb bist du hier,

denn du möchtest weiterreisen. Heute ruhe dich aus, morgen beginnen wir. Man wird dich in einem Wigwam unterbringen und gut für dich sorgen."
„Ich danke euch", antwortete Elvis und folgte Ahiga, der ihm mit einer Armbewegung den Weg wies.

Nachdem er sich frisch gemacht und gegessen hatte, brachte man ihm einen Tee. Inzwischen war er sehr müde. Er war viele Stunden gefahren, zudem war alles sehr aufregend. Er war es auch gar nicht gewohnt, so früh aufzustehen und tagsüber auf zu sein. Meist schlief er erst in der Nacht oder frühmorgens ein und schlief fast den ganzen Tag. Seine Augen wurden nun immer schwerer und schwerer. Er legte sich schlafen, und schon nach einem kurzen Moment war er eingeschlafen, ohne es zu bemerken. Zum ersten Mal seit ewigen Zeiten schlief er durch.

Als er am nächsten Tag erwachte, war er überrascht; er konnte sich gar nicht an den Moment des Einschlafens erinnern. Normalerweise musste er so gut wie immer erst Schlaftabletten einnehmen.

Nach einer Weile zog er sich an und trat nach draußen. Das Bad befand sich in einer der Hütten; das hatte man ihm am Tag zuvor gesagt. Als er über den Platz ging, kam er sich schon komisch vor, doch er lächelte und begrüßte den einen oder anderen, der seinen kurzen Weg kreuzte, und man lächelte zurück. Erfrischt brachte er seine Utensilien in seinen Wigwam zurück. Als er wieder heraustrat, wurde er gleich in Empfang genommen, man hatte ihm Essen zubereitet und ein frisch gebrühter Kaffee wartete auf ihn. Man fragte ihn, ob er lieber allein oder in Gesellschaft essen wolle, Ahiga würde danach den Tagesablauf mit ihm besprechen. Er entschied sich, das späte Frühstück allein einzunehmen, und bedankte sich höflich. So verblieb ihm noch etwas Zeit, um richtig anzukommen.

Nachdem er aufgegessen und seinen Kaffee wirklich genossen hatte, brachte er sein Geschirr zurück. Er hatte draußen vor dem Wigwam gesessen und sich umgesehen. So konnte er seine neue Umgebung auf sich wirken lassen und die Menschen, die ihn so selbstverständlich angenommen hatten. Er wusste, wo die Frau saß, die ihm sein Frühstück gebracht hatte. Als er auf den Kreis der Frauen zuging, nahm er wahr, wie sie tuschelten, verhalten lachten und ihre Köpfe senkten, als er näherkam. Sollte seine Wirkung auf Frauen ihn auch hier begleiten? fragte er sich amüsiert. Ich war schon mal in besserer Verfassung... Als er sie erreicht hatte, ging er in die Hocke und eröffnete das Gespräch mit einem charmanten Lächeln und den Worten: „Vielen Dank für das wunderbare Frühstück. Ich würde gerne das Tablett zurückgeben." „Ich nehme es", sagte die Frau, die es ihm gebracht hatte. Sie lächelte, aber ihre Verlegenheit nahm er wahr. Und die anderen betrachteten ihn schon neugierig, als er in die Runde blickte und allen einen schönen Tag wünschte. Er musste schmunzeln, als er auf Ahiga zuging.

Dieser war gerade dabei, Holz zu hacken, und lächelte, als Elvis auf ihn zukam. „Hey, von den Toten auferstanden? Vielleicht Lust, hier weiterzumachen? Ich könnte eine Pause gebrauchen." „Warum nicht!", antwortete Elvis. „Ich kann Bewegung gebrauchen." „Ja dann", antwortete Ahiga und übergab ihm das Beil. Wir besprechen danach, was du noch so wissen musst. Und das taten sie. Er erfuhr von ihren Tagesabläufen und Gewohnheiten, in die er sich schnell integrierte. Ansonsten sollte er einfach er selbst sein, alles andere würde sich ergeben.

So verbrachte er die nächsten Tage mit Arbeit, Musik, Gesprächen, gemeinsamen Mahlzeiten und reiten. Reiten war eines seiner liebsten Hobbys. Er selbst hatte Pferde und eine Ranch besessen. Und Pferde gab es auf Graceland immer noch, aber die Ranch hatte er inzwischen verkauft. Sie war ein zu kostspieliges Hobby gewesen.

Wenn er mit ihnen gemeinsam sang, ihrem Gesang und den Trommeln lauschte, stellte er fest, dass diese Art der Musik ihn sehr beruhigte, sie wirkte meditativ. Wenn sie ihn baten zu singen, sang er seine langsamen Stücke und berührte seine Zuhörer genauso. Man sagte ihm, was für eine sanfte Stimme er habe und wie man sein gutes Herz in ihr spüren würde.

Er fühlte sich von Tag zu Tag ruhiger und entspannter. Seine Medikamente nahm er nach Vorschrift, denn er wusste, dass er sie nicht von heute auf morgen absetzen durfte; manche brauchte er auch aus gesundheitlichen Gründen. Außerdem hatte er schon vor langer Zeit medizinische Bücher studiert. Die Schlaftabletten hatte er inzwischen reduziert. Eigentlich brauchte er sie gar nicht mehr, er war viel zu erschöpft am Abend. Er stand auf, wenn er wach wurde, und mehr erwartete man auch nicht von ihm.

Wenn er aufgestanden war, aß er etwas, führte kurze Gespräche und arbeitete mit ihnen. Die körperliche Arbeit tat ihm gut. Nach getaner Arbeit saßen sie zusammen, aßen, tranken, sangen und ritten aus, worauf er sich am meisten freute. Er liebte dieses Gefühl von Freiheit und Leichtigkeit, wenn er sich im Sattel leicht auf und ab bewegte sowie ihre Kraft und Schnelligkeit, die er durch sie am eigenen Leib spüren konnte.

Was den Tagesablauf anging, verlangten sie nur so viel von ihm, wie seine Kräfte zuließen. Wenn er müde, erschöpft oder launisch wurde, zog er sich zurück. Inzwischen brauchte er auch keine Tabletten mehr, um wach zu bleiben. Er war nun einige

Wochen hier und hatte sich an den neuen Lebensstil gewöhnt.

Seinen Vater hatte er noch am Abend seiner Ankunft wissen lassen, dass es ihm gut ging, dort, wo er jetzt war. Er rief ihn an und erklärte ihm, dass er sich keine Sorgen zu machen brauche, er werde zurückkehren, wenn er so weit sei. Auch was seine Gesundheit beziehungsweise Medikamente angehe, bräuchten sie sich nicht zu sorgen, er hätte genug dabei und würde sie nicht leichtfertig absetzen. Er verabschiedete sich mit den Worten: „Vertrau mir, Vater! Gib Lisa Marie einen Kuss von mir und sage ihr, ihr Daddy wird wiederkommen." Vernon Presley antwortete: „Das hoffe ich, mein Sohn. Du fehlst mir. Aber jetzt bin ich beruhigt; ich weiß, ich kann dir vertrauen." „Das kannst du, und du fehlst mir auch, Vater. Ich danke dir, dass du immer an meiner Seite bist und an mich glaubst. Ich liebe dich." „Ich liebe dich auch, mein Sohn." Elvis schluckte und legte auf. Alles war gesagt.

Die Wochen vergingen, und er hatte fast das Gefühl, dass es nie ein anderes Leben gegeben hätte.

Er fühlte sich wohl unter ihnen und in der freien Natur, aber langsam spürte er auch eine gewisse Unruhe in sich. Amar spürte sie ebenfalls. Er rief Elvis zu sich und sagte: „Du bist nun so weit, wir werden den nächsten Schritt gehen. Deine inneren Dämonen sind zur Ruhe gekommen, aber sie haben dich nicht verlassen." Bei uns gibt es ein bestimmtes Ritual. Ich werde dich in diese Zeremonie einweihen, dir alles erklären. Wir werden auch eine Schwitzhütte für dich herrichten. Elvis antwortete: „Ich begebe mich in deine Hände."

Am nächsten Tag wurde die Schwitzhütte hergerichtet, so wie es das Ritual vorschreibt, und man es ihm zuvor beschrieben hatte.

Die Hütte war niedrig und man konnte nur in ihr sitzen. In der Mitte der Schwitzhütte wurde eine runde Grube ausgehoben, in die man die heißen Steine gelegt hatte. Die ausgehobene Erde wurde sorgsam verwendet und als Damm geformt, der aus der Indianer-Sauna herausführte, bezeichnet als Pfad der Geister. Der Kreis in der Mitte der Hütte symbolisierte das Leben. Ein wenig von der Hütte entfernt, dem Pfad der Geister folgend, wurde das Feuer für die zu erhitzenden Steine zuvor entzündet. Der Eingang der Hütte zeigte zum Sonnenuntergang. Vorhanden sein musste auch ein Eimer mit Wasser aus frisch fließendem Gewässer, welches bezeichnet wird als „Wasser des Lebens".

Man hatte ihm gesagt, dass er sich eine Stunde vor Betreten der Schwitzhütte geistig vorbereiten sollte. Das hatte er getan. Er hatte auch seinen Schmuck abgenommen, denn dieser würde sich erhitzen.

Nun war es so weit! Amar, der Leiter der Zeremonie, betrat die Schwitzhütte zuerst und bedeckte den Boden mit Salbei. Gemäß dem Glauben befinden sich dadurch die grünen lebenden Dinge, die Geister der Bäume und Pflanzen, mit in der Hütte. Als Nächstes verbrannte er aromatische Pflanzen, deren duftenden Rauch er durch Herumwirbeln in der ganzen Schwitzhütte verteilte. Somit werden alle bösen Gedanken und negativen Emotionen vertrieben, und alles wird geheiligt. Dann wurden die heißen Steine nach und nach hereingebracht. Beim

Hereinbringen des ersten Steins sagt man „Danke" und legt ihn genau in die Mitte. Die nächsten vier werden um ihn herumgelegt für jede Himmelsrichtung einer. Nur ein weiterer Stein wird auf den ersten gelegt für den Himmel und Großvaters Geist; die restlichen Steine werden beliebig verteilt.

All das geschah durch Amar! Elvis hatte man mit diesem Ritual vertraut gemacht, und er schätzte ihre mit der Natur verbundene Demut. Amar verschloss die Eingangsklappe, so dass kein Licht von draußen in die Hütte eindringen konnte. Er eröffnete die Zeremonie, indem er das Wasser über die glühenden Steine goss. Dadurch wurde die Vereinigung der Erde mit dem Himmel und des Lebenswassers mit dem heiligen Atem des Geistes symbolisiert. Die Hitze war nun sehr groß. Die Klappe konnte geöffnet werden, um kühle Luft einzulassen, aber ein Verlassen der Hütte war nicht möglich, man dürfte nicht wieder eintreten. Schweigend saßen sie nun im Dunkeln und lauschten dem Zischen des eisigen Wassers auf den heißen Steinen. Amar zündete eine Pfeife an und zog viermal daran. Der Rauch dient dazu, positive Energien anzuziehen und negative zu vertreiben. Dann reichte er die Pfeife an Elvis weiter. Er zog ebenfalls viermal daran. Während der gesamten Zeit wurde die Klappe viermal geöffnet, um Licht und kühle Luft hineinzulassen. Beim Öffnen der Klappe konnte gesprochen werden über das, was einen bewegte und man heilen wollte. Nach der vierten Runde schritt man wieder aus der Hütte heraus mit einem freien Geist und dem Gefühl, etwas Gutes für sich getan zu haben.

Er hatte schon einiges hier seit seiner Ankunft verarbeitet; heute wollte er es zum Abschluss bringen. Er sah so vieles noch einmal vor seinen Augen ablaufen: Die vielen Umzüge, als er ein Kind und Jugendlicher war, die Schlägereien in der Schulzeit, die kalten Tage beim Militär. Doch am schlimmsten war die Nachricht, als er erfuhr, dass seine Mutter verstorben war. Er sah sich, wie er vor ihrem Grab stand. Davon hatte er sich nie wieder richtig erholt. Auch sah er sich bei vielen Auftritten, selbst wenn es ihm nicht gut ging. Körperliche Schmerzen hatten ihm so manchen

Auftritt erschwert. Und er sah sich, wie er Pillen einnahm, um überhaupt schlafen zu können oder wieder wach zu werden. Aber er hatte Verträge unterschrieben, denen er gerecht werden wollte, und seine Fans wollte er erst recht nicht enttäuschen. Der Tag der Scheidung war ebenfalls sehr schwer für ihn gewesen, er hätte nicht gedacht, dass es ihn so verletzen und schmerzen würde. Er spürte diesen Schmerz jedes Mal, wenn seine Tochter ihn besuchte und er sich wieder von ihr verabschieden musste.

Jedes Mal, wenn die Klappe geöffnet wurde, bat er im Stillen um Vergebung, nicht so für sie da gewesen zu sein, wie sie ihn gebraucht hätten, seine Mutter, seine Frau sowie seine Tochter, da er ständig auf Tour war. Damals war es ihm gar nicht so bewusst, denn aufzutreten war sein Leben. Er finanzierte damit auch das Leben vieler. Er fühlte sich verantwortlich für ihr Einkommen. Er bat auch um Vergebung, dass er sich körperlich nicht geschont hatte. All die Dämonen, die ihn schon lange begleiteten, zeigten sich nach und nach, bis er vor Erschöpfung, auch wegen der Hitze, nichts mehr zu sagen hatte. Er bat um Verzeihung all seiner Fehler, die er sich und allen anderen angetan hatte, aber er hatte auch Verpflichtungen zu erfüllen, und er lebte seinen Traum. Auf der Bühne zu stehen, bedeutete ihm alles! Es war ihm gar nicht bewusst, was er dafür alles aufgegeben hatte, denn auf einmal war er berühmt. Er selbst war damals noch sehr jung und unerfahren; seine Eltern ebenfalls. Nun war alles gesagt, und er wusste, er musste sich selbst vergeben, denn was geschehen war, konnte er nicht mehr ändern. Er bereute aufrichtig, doch er wusste auch, dass es seine Bestimmung war „**Elvis Presley, der Musiker**", zu sein, und dieses Leben hatte er geliebt!

Er blieb noch eine ganze Woche bei ihnen. Alles musste sich setzen, aber ihm war auch klar geworden, was er außer seiner Musik noch vorhatte. Hier hatte er genug Zeit zum Nachdenken, auch in der Schwitzhütte überkam ihn die eine oder andere Vision. Er hatte noch verdammt viel vor, er hatte noch Träume!

Auf jeden Fall wollte er helfen! Kinder und Jugendliche unterstützen, damit sie die Chance bekamen, etwas aus sich und ihrem Leben zu machen. Dass so etwas möglich ist, hatte er am eigenen Leib erfahren. Er wollte auch aktiv bei der Bekämpfung der Drogenkriminalität mitwirken, ihm gefiel das „neue Amerika" nicht. Auch wollte er wieder schauspielern, aber nur, wenn man ihm ein Drehbuch mit einer charakterstarken Rolle anbot. Das war schon immer sein Wunsch, er wollte bestimmte Werte verkörpern. Damals hatte man ihn in den meisten Filmen in eine bestimmte Rolle gedrängt, und er war an diese Verträge gebunden. Außerdem wollte er ein Karatestudio eröffnen. Er liebte diesen Sport und war sehr gut darin. Kennengelernt hatte er ihn damals in Deutschland und war ihm seitdem treu geblieben. Für seine treuen Fans in Europa wollte er die seit Jahren angedachte Europa-Tournee endlich verwirklichen. Eine Heirat und ein zweites Kind konnte er sich auch gut vorstellen, aber diesmal wollte er auch Zeit für seine Familie haben. Das war eine Menge! Und auf einmal spürte er eine Ungeduld in sich und wusste, er war bereit aufzubrechen. Er wusste aber auch, er würde zu ihnen zurückkehren als Freund und sein Versprechen halten, denn auch hier konnte er vieles für sie tun; er hatte auch ihre Sorgen und Probleme kennengelernt.

An dem Tag, an dem er sie verließ, fühlte er sich erholt und frei. Die Verabschiedung fiel herzlich aus. Er versprach, wiederzukommen und das Geld, das er mitgenommen und von dem er so gut wie gar nichts ausgegeben hatte, übergab er ihnen als Dank. Sie ließen ihm die Wahl. Akecheta sagte zu ihm: „Du bist zu uns gekommen, da dein Weg dich zu uns geführt hat. Es war unsere Bestimmung, dir reinen Herzens zu helfen." Elvis antwortete: „Ich weiß, und ihr habt viel für mich getan. Ihr habt mich aufgenommen und behandelt, als wäre ich einer von euch. Seht mich an! Mein Dank ist in Worten kaum auszudrücken! Und das Geld, das ich mitgebracht habe, hat hier seinen Platz. Hier soll es bleiben, wofür auch immer ihr es einsetzt. Ich danke euch von ganzem Herzen und fühle mich euch sehr verbunden." Sie umarmten sich und mehr Worte waren nicht nötig. Gegenseitige Wertschätzung und Respekt hatten all dies möglich gemacht.

Er stieg ein in seinen Cadillac, der immer noch nicht in diese Gegend passte.

Sie winkten ihm zu, als er losfuhr.

3

In Abwesenheit

1977 wurde es still um Elvis Presley. Nach seinem letzten Konzert am 26. Juni zog er sich zurück. Eigentlich wollte er am 17. August wieder auf Tournee gehen, doch sein Gesundheitszustand war besorgniserregend. Selbst seine Fans litten mit ihm bei seinen Auftritten; besonders bei seinem Letzten!

Noch am Tage seines Verschwindens gab sein Manager Colonel Parker bekannt, dass Elvis Presley zunächst einmal auf unbestimmte Zeit nicht mehr auftrete, man aber für die Rückerstattung der Tickets aufkommen werde. Elvis danke seinen Fans für ihre Treue und lasse ausrichten, wenn die Zeit reif sei, wäre er wieder für sie da; er wisse, dass er sich auf sie verlassen könne. Auch teilte Colonel Parker mit, dass Elvis Presley vorerst nicht zu erreichen sei. Monatelang drangen auch keine anderen Informationen mehr nach außen.

Nach der Verkündigung im August 1977 hörten die Spekulationen nicht auf. Elvis Presley wurde auf einmal überall gesehen. Entweder wurde er als blendend und gesund aussehender Mann beschrieben, oder er lag so gut wie im Sterben.

Die Presse belagerte immer wieder Graceland, bekam aber stets dieselbe Antwort: Elvis Presley halte sich derzeit nicht in Graceland auf und man solle seine Privatsphäre respektieren; man müsse sich gedulden.

Fan-Briefe aus aller Welt erreichten Graceland, die Hoffnung, Freude, Neugier und Liebe ausdrückten. Der „King" wäre überwältigt gewesen, wenn er gewusst hätte, welch Anteilnahme, Liebe und Unterstützung er während seiner Abwesenheit von seinen Fans erhielt. Aber von alledem bekam er nichts mit und wollte es auch gar nicht. Er wollte von vorn anfangen! In aller Abgeschiedenheit versuchte er, gesund zu werden und wieder zu sich zu finden.

Lisa Marie und Priscilla Presley wurden ebenfalls von der Presse belagert, jedoch erteilten auch sie die gleiche Auskunft: Er habe sich für eine Zeit zurückgezogen und wolle nicht gestört werden. Ginger Alden verblieb bei ihrer Familie in Memphis und gab keine anderen Auskünfte.

Keiner von ihnen wusste, wo er wirklich war. Er hatte sie alle überrascht. Er hatte eine Notiz hinterlassen, auf der stand: Ich liebe Euch, jeden Einzelnen von Euch, aber dieses eine Mal in meinem Leben muss ich nur an mich denken. Macht Euch keine Sorgen. Ich kümmere mich gut um mich und werde erst dann wieder zurück sein, wenn ich so weit bin! Bis dahin kümmern sich Vater und Colonel Parker um alles, sie werden und sollen das Business, Eure Jobs und die Finanzen im Auge behalten. Das werden sie, da bin ich mir sicher.

Seine Fans pilgerten weiterhin nach Graceland, seine Musik wurde im Radio und Fernsehen gespielt. Seine Platten und Souvenirs verkauften sich bestens. Lisa Marie und Priscilla Presley wurden in ihrem Haus immer wieder von der Presse belagert, bis sie eines

Tages auch nicht mehr erreichbar waren. Und schon wurde spekuliert, ob sie eventuell bei Elvis seien...

Es meldeten sich immer mehr Frauen, die angeblich eine Affäre mit ihm hatten oder behaupteten, von ihm schwanger zu sein. Nur von Elvis Presley selbst war nichts zu hören. Man wusste nicht, wo er war, wie es ihm ging und was er wirklich machte.

Das Personal von Graceland gab immer wieder die Auskunft, dass sie die Anweisung hätten, Graceland zu pflegen so lange, bis sie eine andere Anweisung erhalten würden. Mehr wüssten sie auch nicht! Sie wären dankbar, dass sie ihre Jobs behalten dürften. Es wäre ihnen somit eine Ehre, da sie Elvis Presley viel zu verdanken hätten, und sie auch wüssten, wie viel Graceland ihm bedeuten würde. Sie hofften, dass er bald zurückkehre.

Die Ankündigung von Colonel Parker, dass es voraussichtlich noch einen Auftritt in diesem Jahr geben sollte, ließ hoffen, aber man fragte sich auch, ob er überhaupt gesund genug war? Wollte man ihn und seine Karriere nur „am Laufen halten", damit er nicht in Vergessenheit geriet? Colonel Parker hatte schon immer den Ruf eines cleveren Geschäftsmannes besessen.

Zum ersten Mal wurde Graceland im Dezember 1977 nicht so geschmückt wie bisher. Ein weiteres Zeichen dafür, dass Elvis Presley sich nicht dort aufhielt oder sich nicht in Amerika befand. Man vermutete Elvis auch in Deutschland mit Priscilla und Lisa Marie, wo alles zwischen ihnen begann.

4
Die Rückkehr

Die Band wusste, sie sollte sich bereithalten und hin und wieder üben; das taten sie auch. Sie wollten sich daran festhalten, eines Tages wieder mit ihm auf der Bühne zu stehen. Doch sie machten sich auch große Sorgen. Sein Gesundheitszustand war zuletzt sehr schlecht gewesen, und es war nicht seine Art, so mir nichts dir nichts zu verschwinden. Nach und nach bekamen sie immer wieder Anweisungen, sich zusammenzufinden, und manchmal bekamen sie auch konkret gesagt, welche Stücke sie einüben sollten. Aber keiner glaubte so wirklich daran, denn auch von ihnen wusste niemand, wo er sich aufhielt und wie es ihm wirklich ging. Hier und da gab es Gerüchte, aber selbst die Presse hielt sich zurück, da sie keine konkreten Informationen in der Hand hatten, nur die, dass Elvis Presley zurückkehre. Ob Colonel Parker nichts wusste, da waren sie sich nicht so sicher, denn er bekam seine Informationen über Vernon Presley, Elvis' Vater, wie er verlauten ließ.

Zudem war Colonel Parker kein Mann vieler Worte. Also fanden die Bandmitglieder sich zusammen und spielten miteinander; oft gedankenverloren. Alles erschien so unwirklich. Doch gemeinsam schwelgten sie in Erinnerungen, denn sie hatten verdammt gute Zeiten miteinander erlebt, und dies waren die Momente, die sie hoffen ließen...

Eines Tages war es dann tatsächlich soweit! Elvis Presley sollte wieder auf der Bühne stehen. Unfassbar! Innerhalb kürzester Zeit hatten der Colonel und seine Crew alles organisiert. Sie bekamen nach und nach ihre Anweisungen, und diesmal vertraute der Colonel auf Elvis, denn selbst er bekam ihn nicht zu Gesicht. Der Auftritt sollte in Tupelo, seiner Geburtsstadt, stattfinden. Die Preise für die Eintrittskarten sollten bezahlbar sein. Als seine Fans von diesem Auftritt erfuhren, waren die Eintrittskarten innerhalb von 24 Stunden ausverkauft. Eine Sensation! In ganz Tupelo herrschte der Ausnahmezustand. Die Menschen standen Schlange, denn die Karten mussten persönlich am Schalter gekauft werden; sogar der Verkehr wurde zum Teil lahmgelegt. Aber das war in Ordnung es war **„ihr**

Elvis Presley", der ihre Stadt weltberühmt gemacht hatte. Restaurants, Hotels und Geschäfte waren ebenfalls in Aufruhr. Sie wussten, es würde ein Ansturm stattfinden, und selbst die, die keine Eintrittskarte ergattern würden, würden in seiner Nähe sein wollen. Die ganze Stadt wurde geschmückt. Er war fast überall zu sehen. Zudem gab es unzählige Stände mit Südstaatenspezialitäten, Souvenirs, frisch gebackenem Kuchen, Hotdogs und Burgern; natürlich durften Stände mit duftendem Popcorn und Zuckerwatte auch nicht fehlen. Es erinnerte an einen Nationalfeiertag!

Und Elvis, wie ging es ihm damit? Er hatte das Datum ganz bewusst gewählt. Es war sein Geburtstag, der 8. Januar 1978. Es sollte ein Neuanfang werden!

Er hatte harte Monate hinter sich: sowohl mental, körperlich wie auch seelisch. Aber er hatte auch sehr viel Unterstützung und Liebe erfahren von den Menschen, mit denen er in Kontakt war. Er hatte sich bewusst für sie entschieden. Es waren sein Vater und sein Arzt. Auf beide konnte er sich immer verlassen. Seine Intuition und sein Weg hatten ihn ins Indianerreservat der Creek geführt. Eine genauso weise Entscheidung, er brauchte Abstand von seinem bisherigen Leben und den Menschen, die ihn täglich umgaben. Schon immer hatte er nach seinen Prinzipien gehandelt, aus seinem Herzen heraus und war seiner Intuition gefolgt. Er war stets dankbar für alles, was das Leben ihm ermöglicht hatte. Schon damals, obwohl in seiner Kindheit und Jugend die Familie der Presleys, aber auch Nachbarschaft und Freunde, in schweren Zeiten zueinander hielten, wusste er immer, eines Tages würde etwas Besonderes passieren! Doch, dass ihm seine Mutter so früh genommen werden sollte, hätte er nie erwartet. Sie war sein Fels. Er hoffte, sie würde ihn irgendwie sehen können, da, wo sie jetzt war …

Er war sehr aufgeregt! Ihre Nähe hätte ihm jetzt gutgetan, und ihre Freude zu sehen, hätte ihn noch glücklicher gemacht, als er es jetzt schon war. Er konnte es selbst nicht glauben! Seine Bandmitglieder würden ihn gleich zum ersten Mal wiedersehen, und auch er konnte es kaum erwarten.

Gleich würden sie anhalten. Sein Vater fuhr den Wagen, ein unauffälliges Fahrzeug. Mit ihm im Wagen saßen Priscilla und seine Tochter Lisa Marie sowie Großmutter Minnie Mae. Seine Leibwächter warteten am Hinterausgang und würden ihn gleich in Empfang nehmen. Er konnte sie schon von Weitem sehen und spürte, wie sich seine Augen mit Tränen füllten. Großmutter Minnie Mae drückte seine Hand. Auch ihre Augen und Priscillas hatten sich mit Tränen gefüllt. Sie sagte: „Elvis, wir sind sehr stolz auf dich!" „Das sind wir wirklich", sagte Priscilla. Beide Frauen fühlten in diesem Moment mit ihm. Und Lisa Marie rief fröhlich: „Papa, ich habe dich soooo lieb!", und streckte dabei beide Arme aus. „Ich liebe euch, sagte Elvis, und danke Gott."

Der Wagen hatte angehalten. Vernon Presley stieg zuerst aus und öffnete Elvis die Tür. Elvis' Leibwächter, die auch seine Freunde waren, waren so aufgeregt wie nie. Elvis stieg aus, und Vernon Presley versperrte den Blick auf ihn. Er nahm seinen Sohn in den Arm und sagte: „Ich bin sehr stolz auf dich, mein Sohn. Ich hätte nicht gedacht, dass du es wirklich durchziehst. Ich liebe dich, und jetzt zeig es ihnen." „Danke, Vater. Ich liebe dich auch. Aber ohne dich stände ich auch nicht hier. Wenn Mutter nur auch hier wäre." „Ich weiß, mein Sohn, aber sie wird uns zusehen von dort, wo sie jetzt ist. Glaube daran, wenn du gleich auf der Bühne stehst. Schenke ihr ein Lächeln." „Wow, das mache ich", antwortete Elvis, und beide lachten erleichtert. Vernon ließ ihn los, und als er auf seine Leibwächter zuging, hatten alle Tränen in den Augen. Kaum einer von ihnen bekam ein Wort heraus, aber sie umarmten sich, so fest sie konnten. Einer von ihnen sagte: „Elvis, wir passen auf dich auf, wie in alten Zeiten. Du hast uns gefehlt. Und deinen Fans auch. Du wirst sehen, die Stimmung ist enorm, der Saal ist voll." „Ihr habt mir auch gefehlt und dieses Leben. Aber Jungs, etwas kürzertreten müssen wir, wir sind nicht mehr die Jüngsten." Und alle lachten.

So betrat er etwas gelockerter die Halle durch den Hintereingang. Die Familie war inzwischen ausgestiegen und begleitete ihn zur Garderobe. Elvis hatte die Band wissen lassen, dass er sie nach dem Auftritt begrüßen würde. Er wollte Zeit für sie alle haben; sie waren viele. Außerdem gab es auch einen Grund zu feiern, sie würden nach dem Konzert zusammenkommen.

Doch den Colonel wollte er vor dem Konzert sehen. Dieser wartete schon in seiner Garderobe auf ihn und war genauso aufgeregt wie Elvis. Als die Tür aufging, stand er ganz verlegen auf. Der Colonel verlegen? Hatte Elvis das jemals erlebt? Sie gingen wortlos aufeinander zu. Beide sichtlich gerührt, umarmten sie sich etwas länger, bis der Colonel nach einer kräftigen Umarmung und Schulterklopfen Elvis' Gesicht in seine Hände nahm und sagte: „Junge, ich habe dir das viel zu selten gesagt, aber ich wusste, du würdest es wissen. Ich war immer stolz auf dich. Und ich hätte nicht gedacht, dass wir so einen Auftritt noch einmal erleben. Du machst mich mehr als stolz." „Danke", sagte Elvis. „Ich weiß, aber ich hätte es verdammt gerne öfters mal gehört." Beide lachten und umarmten sich erneut. „Elvis, bist du soweit?", fragte der Colonel. „Wir sind spät dran. Aber es ist der Wahnsinn! Es erinnert mich an alte Zeiten. Du weißt, ich habe dich gesehen und wusste sofort: Du bist etwas Besonderes! Und das beweist du heute erneut."

„Danke, Sir, aber ich weiß, dass ich meine Karriere auch Ihnen zu verdanken habe, und das habe ich nie vergessen." „Danke, Junge." Beide lächelten. Als der Colonel zur Tür ging, sagte Elvis: „Meine Familie wartet draußen, sie werden seitlich vom Bühnenausgang zusehen. Wir brauchen vier Stühle. Großmutter Minnie Mae und mein Vater werden sicher nicht lange stehen können. Und Priscilla und Lisa Marie werden wahrscheinlich auch nicht die ganze Zeit stehen wollen. Können Sie dafür sorgen? Ich komme dann auch gleich nach. "Kein Problem, Junge, ich sorge dafür und sage der Band Bescheid, dass sie sich langsam auf die Bühne begeben sollen." „So machen wir es Colonel, ich bin bereit, aber nervös wie immer." Elvis lachte und der Colonel ebenfalls. Er sagte noch, bevor er rausging: „Junge, du siehst fantastisch aus, war mir bis gerade gar nicht bewusst. Es ist Monate her, dass wir uns das letzte Mal gesehen haben." „Danke, Colonel", antwortete Elvis mit einem warmen Lächeln. „Ich bin ganz zufrieden."

Auch das Publikum, das ungeduldig wartete, war eine Augenweide. Alle Generationen waren vertreten, vom Kleinsten bis zum Ältesten, und sie hatten sich zurechtgemacht für dieses Ereignis! Man sah die Fünfziger, die Sechziger und die Siebziger. Die Frauen hatten sich besonders hübsch gemacht in der Hoffnung, auf sich aufmerksam zu machen. Die Männer sahen ebenfalls sehr cool oder chic aus. Auch sie fühlten sich so wohl und Elvis ein Stück näher. Und die Kleinsten ... einfach nur entzückend.

Die Spannung war kaum auszuhalten, der Saal brodelte. Es ging auch nicht pünktlich los. Kein Vorprogramm, keine Ansage, nur Musik im Hintergrund. Nach und nach betrat die Band endlich die Bühne, durch das Publikum ging ein Raunen. Die Musiker nahmen ihre Plätze ein und stimmten sich ein. Die Bühne begann, lebendig zu werden. Dann erklang sie: die Musik von „See See Rider". Das Publikum kreischte. Mit diesem Song hatte er schon manches Konzert eröffnet.

Es war sein Wunsch, das Konzert auf diese Weise zu eröffnen. Nachdem der Colonel gegangen war, blieb er noch etwa zehn Minuten für sich allein und schaltete ab, so gut er konnte. Er erinnerte sich an die Zeit, als er im Reservat war. Die Ruhe und Lebensweise, die seine neu gewonnenen Freunde auf ihn ausgestrahlt hatten, hatte er sich zu eigen gemacht, und das tägliche Karatetraining und die dazugehörige Meditation hatten ihn mental wieder stark werden lassen. Seine Nervosität musste er akzeptieren, die hatte ihn sein Leben lang begleitet, denn für ihn gab es nur hundert Prozent. Er stand auf und mit beiden Händen strich er sich leicht über seine Haare. Vor seiner Tür standen, immer noch aufgeregt, seine Bodyguards und zuckten, als die Tür aufging. Elvis lachte: „Hey Jungs, ich bin's nur, es ist so weit!" Alle lachten und der Bann war gebrochen. „Yeah, wir können es auch kaum erwarten, Elvis.", sagte einer von ihnen. Zügig gingen sie los.

Die Spannung stieg ins Unermesssliche! Selbst die Musik wurde wieder leiser und für einen Moment war gar nichts zu hören, das Publikum verstummte in diesem Augenblick. Leise begann die Band, sich wieder einzuspielen, und auch das Publikum war wieder zu hören. Die ersten Takte erklangen: Etwas lauter, wieder leiser, etwas länger, wieder kürzer, so ging es hin und her, aber der Song war zu erkennen. Sie spielten „Don't be cruel".

Es war nicht weit bis zur Bühne. Er hörte die Band spielen. Sie hatte mit dem zweiten Song schon angefangen. Dies war sein Moment! Er bekam Gänsehaut! Seine Familie saß links neben der Bühne. Sie lächelte, als er an ihnen vorbeilief.

Plötzlich stürmte er auf die Bühne, gleichzeitig explodierte die Musik. Das Publikum kreischte! Es kreischte immer lauter und lauter; sie trauten ihren Augen nicht. Voller Energie lief er über die Bühne, winkte ins Publikum und rief mit seinem unverkennbaren Lächeln: „Hey Leute, hier bin ich! Und es ist mir eine Freude, für euch zu singen." „Don't be cruel to a heart that's true, don't be cruel, to a heart that's true. "

Für einen ganz kurzen Moment wurde es sogar still. Seine Fans waren sprachlos; er war gar nicht wieder zu erkennen. Er sah gesund aus und schlank! Und er stand wirklich auf der Bühne mit seiner Gitarre und sang für sie. Das Publikum war außer sich und tobte. Er bewegte sich mit einer selbstverständlichen Souveränität und man erkannte in ihm den jungen, wilden Elvis, der gerade seine Oberlippe hochzog. Gleichzeitig nahm man aber auch den reifer gewordenen Elvis wahr, der 1968 dynamisch, mit noch mehr Sex-Appeal ausgestattet, ein Comeback gefeiert hatte, mit dem niemand in einem solchen Ausmaß gerechnet hätte. Er hatte sie alle überrascht einschließlich sich selbst. Und genauso war es jetzt! Man vergaß ganz, dass man sich im Jahre 1978 befand. Die Überraschung war perfekt! Das Publikum kam aus dem Staunen nicht mehr heraus. Er hatte schon mit seinem zweiten Song angefangen und verspürte eine tiefe Dankbarkeit. Seinen Fans rief er zu: „Gott segne euch, so wie er mich gesegnet hat."

Dann sah er nach oben und lächelte, wie sein Vater es ihm gesagt hatte!

Danksagung

Mein Dank geht an alle, die an mich geglaubt haben.

Ihr habt Euch mit mir gefreut und für mich gefreut.

Jeder Einzelne von euch weiß, welch herzliche Momente wir miteinander geteilt haben.

Eure Vorfreude und Unterstützung haben dieses Buch noch wertvoller gemacht!